Entrena a tu Dragón para que Cumpla las Reglas
My Dragon Books Español - Volumen 11
de Steve Herman

Copyright © 2020 Digital Golden Solutions LLC.

Todos los derechos reservados. Este libro y ninguna de sus partes pueden ser usadas o reproducidas en ninguna forma gráfica, electrónica o mecánica, incluyendo fotocopia, grabación, taquigrafiado tipiado o algún otro medio, incluyendo sistemas de almacenamiento, sin previo permiso por escrito de la casa editora.

[All rights reserved. No part of this publication may be reproduced, distributed, or transmitted in any form or by any means, including photocopying, recording, or other electronic or mechanical methods, without the prior written permission of the publisher.]

ISBN: 978-1-950280-77-3 (Tapa blanda)
ISBN: 978-1-950280-78-0 (Tapa dura)

www.MyDragonBooks.com

Primera Edición: abril 2020

10 9 8 7 6 5 4 3 2 1

Entrena a tu Dragón para que Cumpla las Reglas

My Dragon Books Español - Volumen 11

Steve Herman

Es una regla cepillarse los dientes.
Creo que eso es inteligente;
Cuando a Diggory le crecieron los colmillos,
le dije que debería comenzar inmediatamente,

Pero Diggory Doo se negó a cepillarse y comenzó a hacer pucheros con frustración. Le dije, "¡Cuando se te caigan los dientes, cambiarás de opinión!"

Le dije a Diggory: "En la escuela, todos respetan las reglas."
"Y YO DONDEQUIERA QUE VAYA," gritó, "¡ME TOPO CON UNA REGLA!"

Una noche papá dijo: "Diggory Doo, es hora de irse a acostar." Pero Diggory pidió quedarse despierto hasta tarde para jugar.

"Diggory Doo," le dije,
"esta es una regla que debes respetar:
Los niños y los dragones también,
necesitan dormir bien y descansar."

Diggory quiere ver televisión, pero primero su tarea debe terminar. De todas las reglas que tiene que cumplir, esta es la peor, ¡es un pesar!

"¡Hay una regla para TODO!" Diggory Doo suspirando indicó. "¿Por qué no puedo hacer lo que quiero?" Entonces a llorar comenzó.

"¡Siempre tengo que seguir las reglas!" dijo Diggory con desaliento.
"Diggory, ¡deja de quejarte sobre las reglas que debes obedecer con engreimiento!"

Como mirar antes de cruzar la calle
y nunca hablar con extraños.
Reglas como esas nos ayudan
a evitar peligros innecesarios.

No te olvides de bañarte
y comer una cena saludable de gran valor;

Sigue estas reglas todos los días: ¡y de seguro serás un ganador!

Otras reglas nos ayudan a hacer las cosas y las debemos respetar,

Made in the USA
Coppell, TX
14 July 2020